Hello~Color!

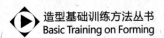

造型基础训练方法丛书
Basic Training on Forming

色彩静物技法详解
Detailed Explanation of Color Still Life Painting

U0141068

鄂美动力

余春景 著　　湖北长江出版集团　　湖北美术出版社

目录

一、画色彩前的准备

欲善其事，必先利其器。——《论语·卫灵公》

第一节　水粉画材料与工具介绍

一、经常使用的纸张

1.素描纸

平时练习，学校考试，很多时候都选用素描纸画水粉。

特点：吸水性不强，表层较平滑，使用方便简单。

2.水粉纸

特点：吸水性较强，表层有孔。使用前可用清水在其表面薄薄地刷上一遍便于着色。

水粉纸画的作业 ▼　　　　素描纸画的作业 ▼

纸张上有小孔，吸水较强，有机理感　　　　纸张平滑，着色细腻，手感较好

二、颜料

1.常用24色

a.红色系：大红、朱红、玫瑰红、深红、橘红、赭石。

b.黄色系：柠檬黄、中黄、土黄、橘黄、熟褐。

c.蓝色系：湖蓝、钴蓝、普蓝、群青。

d.绿色系：淡绿、草绿、翠绿、橄榄绿、墨绿。

e.紫色系：紫罗兰、青莲。

f.无彩系：黑色、白色、灰色。

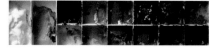

2.新型灰色系列

调和灰：已调好的成品灰色，方便使用。

三、水粉笔

1.从毫的弹性讲

a.较软类型（羊毫）

特点：适合表现柔和，圆润的效果。

b.较硬类型（狼毫）

特点：弹性足，表现起来干脆、爽朗。

2.从毫的形状讲

a.平头

特点：宜画较方的形状，边缘清晰。

b.圆头

特点：画出的形状柔软多变，生动但不够力度。

当然水粉笔除上述两大特征外，笔的型号大小、毫的长短新旧以及笔杆的规格等等都会影响到绘画时的表现。

3.握笔姿势

其实握笔姿势不必强性要求，顺应自己绘画时的习惯便可。

四、水桶、吸水布

1.水桶的类型

a.塑料小水桶。

b.压缩易携带水桶。

c.压缩有间隔水桶。

2.吸水布

a.吸水布的正确选用方法：吸水性较强的棉麻制品。画画时吸水布应放在画面以下的位置。

b.吸水布作用很大，在很大程度上，它控制着笔上水分的含量

五、调色盒、调色板、调色刀、胶带纸、图钉

调色盒内颜料不宜装得过满，应保持颜料相对湿润，但不能太稀。白色、柠檬黄等较常用的颜色可放置在大格子里面。

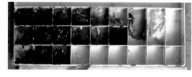

思考练习：

1.调色盒中颜色的位置怎样摆放比较合理？

2.尝试不同纸质、水粉笔的运用感受，并做比较。

第二节　从素描过渡到色彩

一般来讲，我们都是经过了一段时间的素描学习再过渡到色彩学习的。普遍认为，素描是一切造型艺术的基础，可见，素描学习的过程中我们掌握的很多知识、技巧，在色彩学习中无疑是一个很好的铺垫，为了同学们更快更好地从素描过渡到色彩的学习，特制下表以供参考。请同学们体会下面表格中列出的素描与色彩的联系与区别。

比较内容	素描	色彩
造型意识	①空间②立体③明暗④体块⑤结构⑥质感	①空间②体积③光影④色块⑤形状⑥质地
构图意识	构图的基本法则	色彩的构图更丰富，因为它有"颜色"
色调概念	明暗深浅的层次感	见第二章第一节
整体观念	主要考虑黑、白、灰的布置	主要经营色彩关系的协调程度
材料工具	炭笔、铅笔等单色的工具	见第一章第一节
观察方法	看形体，看转折，看光影，看前后；多角度定点观察或移动观察	看局部色彩与整体色调的关系，看形色如何结合，看色彩冷暖、纯灰变化，多角度观察，定点或移动观察
表现形式	点（骨点）线（轮廓线）面（体面）	色点（修拉）色线（梵高）色块

实物照片

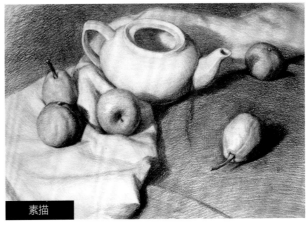

素描

单色彩

色彩

思考练习：

1.画色彩时，你是怎样把素描中学到的知识运用到色彩画上的？

2.色彩与素描有哪些不同？

二、色彩基础理论知识

那些作画时单凭实践和肉眼色判断，而不运用理性的画家，就像一面镜子只会抄袭摆在前面的一切东西，却对他们一无所知。——达·芬奇

实践永远必须建筑在坚实的理论之上。 ——达·芬奇

第一节　色彩相关概念

一、色彩特征分类

1.色相

色相指颜色的基本相貌，反映在名称上，如橘红、淡黄、湖蓝、橄榄绿等。

橘红　　淡黄　　湖蓝　　橄榄绿

2.明度

明度指颜色的深浅程度，如深红、淡红、墨绿、淡绿等等。

红色的深浅变化　　　　　　　绿色的深浅变化

3.纯度

纯度指颜色的鲜艳程度，又称彩度或艳度。

高纯度黄色　　　　　　低纯度黄色

4.色性

色性指颜色的冷暖属性。对色彩冷暖特性的认识，是个人由生活感受而启发出来的，基本上颜色的冷暖是在比较中得以显现的，是相对的。

暖色系　　　　　　　冷色系

约定俗成的冷暖颜色两系　　朱红　　群青　　中黄　　玫瑰红

暖　　　冷　　　暖　　　冷

二、色彩关系分类

1.同类色

同类色指同一色相中不同色彩倾向的系列颜色。

2.邻近色

邻近色指色环中相隔30度至60度左右的颜色。

3.对比色

对比色指色环中相隔120度至150度的任何三种颜色。

4.互补色

互补色位于色环中直径两方的色彩为互补色，两种颜色相距180度。

三、色彩来源分类

1.光源色

光源色即光源的色彩，光源是产生色彩氛围的重要条件。一般分为室内光、室外光和人造光。

光源色区域

环境色区域

固有色区域

2.环境色

环境色指周围的环境给对象带来的色彩效果。环境色的浓烈程度受光线、对象的材质以及周边环境三因素影响。

3.固有色

固有色指物体本身固有的颜色。光照在物体上，因物体的质感、量感不同而产生不同的色彩效果。

实物照片

四、色彩纯度分类

1.三原色：

三原色即红、黄、蓝三个基本色，是不可能用其他颜色调配出来的基本颜色，是最纯正、鲜明、强烈的色彩。三原色可以调配出多种色相的颜色。

红、黄、蓝三原色

2.七纯色：

七纯色即赤、橙、黄、绿、青、蓝、紫。由这七纯色组成的彩虹堪称大自然最美的色彩组合。七纯色在色彩渐变练习中经常用到，是调色的入门内容。

3.间色：

间色由两个原色相混合所得出。如红调黄得橙，黄调蓝得绿，蓝调红得紫。

4.复合色：

由两个间色（如橙与绿、绿与紫）或一个原色与相对应的间色（如红与绿、蓝与紫）相混合得出的色彩。复合色包含了三原色的成分，成为色彩纯度较低的灰系色彩。

五、画面色彩分类

1.色调

画面各颜色在视觉里的总印象，进而与心灵碰撞的反映。色调是自然色彩调子融入画家的个人感受，根据表现主题的需要提炼、加工而成的，它比自然形态的色调更集中、更突出、更具感染力。

①按色相分，有红色调、黄色调、绿色调等。

②按明度分，有亮色调、暗色调、中间色调等。

③按冷暖分，有冷色调、暖色调、中性色调等。

4.按纯度分，有强（纯）色调、弱（灰）色调。

注：以上色调归类，并非否定它们的关联性，纯属为了讲解需要。影响色调的客观因素是光源色的冷暖变化，主观因素是画者的情感与个人修养。

2.色域

①每个人能辨别和调配出来的色彩种类是不同的，特别在初学色彩的同学和对色彩较熟练的同学之间差别更大。如初学者只知道调色盒里的18或24种色彩，而有经验的画家可以画几万种、几十万种有差别的色彩，所以初学者要学会打开自己的色域。

②色域又指画面某种倾向的色彩所占据的区域范围。如一组色彩静物画里，平、立面都是白衬布，那么这两个区域的"白"在明暗冷暖上都不会一样。

思考练习：

色彩四大要素是什么？它们相互之间有什么联系和区别？

第二节　色彩的调和与对比

一、色彩调和

色彩调和是将画面中的各种颜色按一定节奏组合成一幅有序的、和谐的图样。

色彩调和有很多种方法。例如：

1.混入同色法

即在画面以某种颜色为主导色，其它色彩都含有其成分。

该画面以"黄"为主导色，香瓜、梨、苹果含"黄"的颜色较多，而深绿色衬布、酒瓶、红提子也都含有黄色，只是分量较少。

2.面积悬殊法

即画面中以某类大面积的强势色彩夹带小面积其它颜色。

该画面黄绿色占有绝对优势，控制整个画面的调子，而用极少的红紫色点缀其间，即拉开了画面的节奏起伏，又保持了画面的整体感。

3.灰度调和法

此法是利用降低各颜色间的纯度反差以求得画面整体色彩和谐。

主观的将物体固有色纯度降低，以求得画面更协调。

将墙面、衬布的颜色主观地拉近，弱化它们之间的纯度与明度对比，也是求得画面和谐统一的一种方法。

4.近似调和法

利用类似或相近的色彩进行组合。

此幅作品的主要色彩由与黄色相近、相似的颜色组成，使整体感变得协调。

5.渐变式调和法

渐变式调和又可以理解为微差调和法。这一方法便于为两种反差较大的颜色搭建一个相协调的桥梁。在形体塑造中，色块过渡衔接常常运用。

明度渐变

明度渐变

二、色彩对比

1.色相对比

①各色相间的对比

②冷色系与暖色系相对比

③冷色相与暖色相对比

2.纯度对比

①灰与纯对比

②纯与纯对比

③灰与灰对比

④粉与纯对比

3.冷暖对比

①常识中的冷与暖对比

②冷色系中冷与更冷的对比

③暗色系中暖与更暖的对比

4.补色对比

①黄与紫、红与绿、蓝与橙的对比

②黄灰与紫灰、暗红与淡绿的对比等等

5.明度对比

①亮与暗的对比

②亮与亮的对比

③亮与灰的对比

④灰与灰的对比

⑤灰与暗的对比

⑥暗与暗的对比

6.形状对比

①方圆对比

②大小对比

③粗细、长短对比

③规则形与不规则形对比

形状中的方圆对比

补色对比

明度对比

色相对比

纯度对比

三、色彩特征

1.色彩的朴素与华丽

两者区分的关键在于色彩的纯度。

2.色彩的欢快与沉寂

两者区分受明度和纯度影响很大。

欢快的颜色

沉寂的颜色

3.色彩的前进与后退

明度、纯度、冷暖都直接影响色彩的前进与后退。

暖、亮、纯的颜色前进感较强

冷、暗、灰的颜色后退感较强

4.色彩的厚重与飘逸

两者区分的关键在于色彩的明度。

厚重的色彩

飘逸的色彩

思考练习：

举例说明色彩的几种对比，哪一种对比最强？你喜欢什么样的对比？你将在绘画时怎样运用？

三、水粉画的学习方法与作画步骤

学习的敌人是自己的满足，要认真学一点东西，必须从不自满开始。——毛泽东

第一节　水粉画的学习方法

一、学习的大方向

1.严格要求（态度）

2.循序渐进（知识结构）

3.重视理论与实践相结合（实践是检验真理的唯一标准）

二、水粉画学习的三大要点

1.材料体验训练（熟悉材料、工具的过程）

2.知识结构应用训练（学习基础知识、原理的过程）

3.技法技巧功夫训练（学习上色、用笔的过程）

三、具体训练的知识点

1.调色训练

通过调色训练后，培养学生逐步分辨并把握色彩微差的能力。

2.色块训练

通过色块训练，让学生快速掌握水粉绘画的基本方法。

3.色调训练

通过色调训练，让学生用整体的眼光把握画面的全局，掌握画面的品质与格调。

4.形色结合训练

练就学生利用色彩语言和造型语言深入刻画对象的功力。

四、学习形式

1.观摩

有目的地查资料、翻画册，每次都有新体会。

2.临习

推敲、研究学习范画中的"一招一式"。

3.写生

对自然对象进行观察、思考、表现，反复递进。

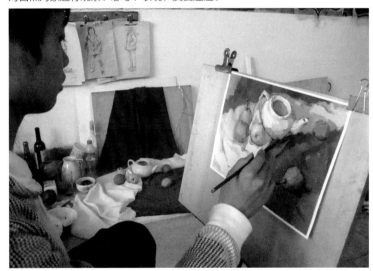

4.默写

将自己掌握的知识、技巧一一表现在画面上。

思考练习：

色彩学习的四种形式中，哪种形式让你提高得最快？是否尝试过其他形式？

第二节　水粉画的作画步骤

任何一件"工艺品"（工业制作或艺术制品）从原材料到完成品都是经过一定的程序、若干环节而逐步完成的，水粉画也不例外。只有按严格的步骤去画，才能将对象表现得有条不紊。画画不只是看着对象画的简单过程，应该是观察认识、思考分析、体会表现对象的一个有序过程，是一个表达成熟思考的过程。

第一步：观察、思考对象（点线面构成以及色彩构成）

将观察后的感受和认识加以分析、强化，从结构、色调、主次到空间、形体、光感都揣摩一遍。

第二步：铺设画面基调（色彩关系）

基调就是一幅画的基本色调。色调是一幅画的面貌、气质、灵魂。思考如何将各种颜色搭配得富于节奏，构建一个既统一谐美又有戏剧性起伏的艺术世界。

第三步：深入表现对象（形色结合）

1.形体与笔触的关联性。

2.受光、背光与明暗、冷暖之间的联系。

3.前后空间、主次虚实、物体与周边关系。

4."度"的把握。

第四步：整体调整画面（画面效果）

深入刻画对象时，描绘的对象更加具体，颜色也更加丰富。可能因局部表现而忽视整体调子的倾向性。这时便应提醒自己跳出局部看整体，把画面上"花、粉、脏、火"等问题色彩调整过来。

思考练习：

你在画每一张色彩的时候，能否在上述四步中有条理的

完成？为什么？

四、水粉画基础技法详解

毫无疑问，技法不过是一种手段，但是轻视技法的艺术家，是永远
不会达到目的的。——罗丹

第一节　水粉画三要素（用水、用色、用笔）

一、用水

"水粉画"，顾名思义，水在其中的重要性不言而喻。水是水粉画中最重要的媒介剂和调和剂。它直接作用于画纸、画笔和颜料，由此画者对水的分量与脏净的把握，会影响着画面的效果。

1.依水分量可分：　①水分较多——颜料湿而稀薄——用笔轻松飘逸

②水分较少——颜料干而敦厚——用笔遒劲有力

③水分适中——颜料饱和而平整——用笔爽朗明快

注：水多颜料亦多，是画水粉画的大忌，因此控制水分要注意笔（毫端内）上的含水量和颜料本身的干湿程度，也可以利用吸水布来进行控制。

2.水的脏净在水粉画的表现过程中也不容忽视。

建议：调亮色较纯的色，很深的色用水都不宜脏。从一幅画的制作过程来看，先画薄一些，含水多一些，有利于铺大色调；后画干一些，浓稠一些，有利于形体塑造。至于水的净与脏，最好保证画面的关键部分使用净水。

二、用色

1.用色在作画过程中，主要体现在以下三个环节：

①观察颜色：
运用整体的、比较的观察法去观察对象色彩。

②调配颜色：
勤于实践，严格训练，学习和体会调色的基本方法和规律。

③运用颜色：
a.（图一说明）b.（图二说明）

a.要学会将普遍性和个别性的上色方法相统一。学会估计上色时的颜色与干后颜色变化程度。

b.运用颜色的关键点之一是要有较深刻的理论认识，运用颜色还要依赖较为扎实熟练的手法。

2.介绍几种上色方式：

①平涂式	②重叠式	③并置式

一次性、大面积的上色方法，铺大色调常用此方法。

把两个或两个以上的颜色重叠。上一层颜色"枯"扫而过，下层颜色又隐约可见，层次丰富，效果特别。

用笔触把两个以上较为纯正的颜色并列连接起来，在视觉上产生空间混合的效果。

三、用笔

一堆颜色、一张白纸要变成一幅美妙图画，就看怎样运用"笔"和对"笔"的习性的掌握程度。用笔的关键有以下几点：

②用笔随意

1.用笔的根据：

①用笔随形

一般情况下用笔是根据所要描绘的对象的形体特征而确定的，不管是生动灵活的笔触，还是工整严谨的笔法。这就是所谓的"形色结合"、"骨法用笔"。

这是更高的要求了，在能熟练掌握用笔随形的基础上，再做此研究。"意"来自画者对表现对象的深层次认识和独特感受。培养"意"必须提高绘画者文化艺术的综合修养。

2.用笔的形式（用笔与笔锋变化）：

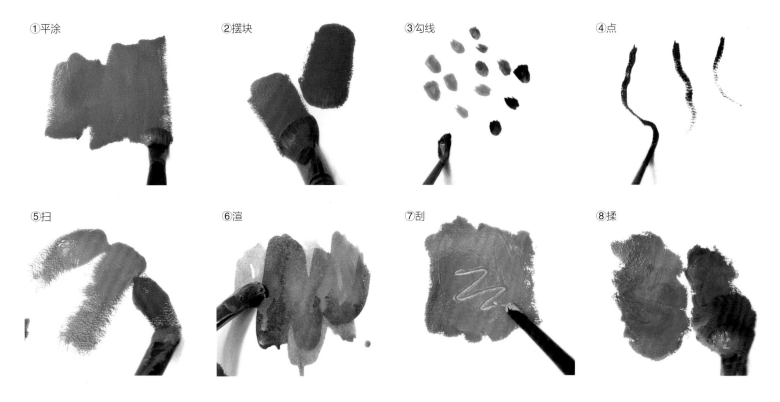

①平涂   ②摆块   ③勾线   ④点

⑤扫   ⑥渲   ⑦刮   ⑧揉

3.用笔的力度和速度

力度的轻与重，速度的快与慢直接影响着用笔，自然为涂上去的色彩感觉以及笔法意境的表达埋下了伏笔。

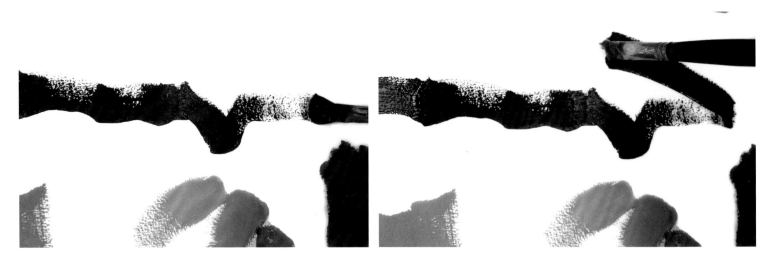

在运笔过程中，力度与速度的变化有时候是极其微妙的，同学们在实践中一定要细心体会。只有对用笔高度地理解和掌握，才能在绘画过程中使运笔高度自由起来。

前面谈到的水粉画三要素，虽然分别讲解，但同学们在学习的过程中一定要相互渗透，彼此融通，才能全面理解，更上一层楼。若是将三者孤立看待，单独学习，必然走进误区。

思考练习：

1.颜料中掺和的水分多或少，在颜色干后有什么变化？对用笔会有什么影响？

2.用色具体有哪些讲究？你喜欢哪种方式？为什么？

3.用笔有哪些窍门？其主要是哪两方面？还有哪些因素在影响用笔？

第二节　　调色

如果说色彩的学习中有几道门槛，那么调色无疑是第一道门槛。调色先是尝试中发现规律，而后变成了经验，经验不断的积累，当积累的经验连自己都 不以为然的时候，便成了一种习惯。习惯并非与生俱来，而是慢慢培养的。

一、常用的调色方法

1.调灰色

这里谈的调灰色，并非无彩系的黑、白、灰的灰色，而是纯度相对低的色彩。

①按冷暖划分

指因灰色的色相倾向而导致的色性差别(如黄灰色比紫灰色暖一些)。灰色是色相不太明确的色彩，一般由调色盒内三种或三种以上的色彩调配而成，反映了七纯色的某一色彩倾向。需要注意的是，颜料相混合的次数和成分越多，其色彩纯度就越低。

冷灰系

暖灰系

②按深浅层次分

灰色的明暗变化丰富，如深灰、浅灰、亮灰等等。一般是在深色里加入白色或

亮色的分量不同所致。

无彩灰系

有彩灰系

③互补色相调

补色调出的色彩很"稳"，但容易调"脏"，其中颜色之间的分量比例的搭配

是关键，而搅拌的次数也有关系。但最终要反映出某种颜色的色彩倾向。如黄

加紫可以调出黄灰色（黄色分量多）或紫灰色（紫色分量多）。

2.调亮色

①加白变亮

任何色彩在加白色的情况下都会变亮起来（除白色外），即明度提高了，但纯

度却相应降低了，即变灰了。

②保持颜色的相对纯度

例如水果亮部的色彩调配，不宜将过多种类的颜色进行混合。

③明度较高的颜色互调，或大量浅色与微量深色相调，所调出的色彩纯度会有所降低，但明度变化不大，如淡绿加淡黄得出较浅的黄绿色。

3.调深色

①明度都较深的色彩相调。

如深红加墨绿，普蓝加熟褐等等。

②不加或少加浅色与较多量的深色相调。

4.调过渡色

在画面深入刻画阶段要用到较丰富的过渡色。

①明与暗的色彩过渡。

由暗色到亮色是不断加入白色或浅色的过程，反之，是不断加入深色的过程。

②冷与暖的色彩过渡。

由冷色到暖色是加入暖色（如红、黄等）的过程。

③纯与灰的色彩过渡。

由灰色到纯色是色彩间的搭配次数递减的过程。

以上过渡色的调配都是遵循同一规律，即色彩渐变规律，因此一定要把握好色彩的秩序。

5.调色与水分

①干色

调出的颜色含水很少，色相稳定，但行笔滞涩，初学者更适用。

②湿色

颜色含水较多，干后易灰，但运笔轻松、流畅。如果选用湿色上画，我觉得可以在调配时调得比想象中更鲜明些。

③饱和色

饱和色即水分与颜料搭配适中，便于摆出色块。但初学者调此类色时易出现水多颜料也多的现象，其实这是对水分控制不佳，恶性循环而导致的后果。

6.调色与搅拌

①搅拌均匀（饱和）的颜色细腻匀称，性格稳定，一笔一彩。

②搅拌不均（夹生）的颜色因搅拌次数很少甚至不搅拌，直接上色，会出现一笔多彩的特殊效果。

颜色搅拌不均匀的画面效果

调色本身并非难事，而调色能力的提高，不仅是对调色方法与技能的认识和理解，而应从认识色彩、感知色彩、印象色彩、记忆色彩开始，理解了这一点，也就使你的色域得到不断拓展，调色的技术也会相应提升。下面我们来一起做一个色彩静物的调色练习。

6.色彩组合静物调色训练示范

黄色调的组合静物调色训练精解

这是一幅色彩明确的黄色调组合静物，先将主导画面色调的衬布大体铺出，然后从最重的颜色开始一次画出每个物体的细部色彩，樱桃等小物体可以最后进行"点"画。

1.初学者更适合用铅笔起稿。

2.用清水在纸上涂抹一遍，便于上色。

柠檬黄+土黄+橄榄绿+紫(少)

3.从黄衬布的立面开始画起，立面颜色不宜画得太纯、太亮。

底色+紫+白（少）

4.一般都按"三大块"表现一个物体或一个大面。

底色+湖蓝+白(少)

5.黄布立面靠近光源的地方相对冷一些，上色时笔稍微压重一点。

6.画出衬布暗面的颜色，注意修饰每个物体的边缘线。

柠檬黄+中黄+白

7.第一遍色应是大色块，但要有根据。

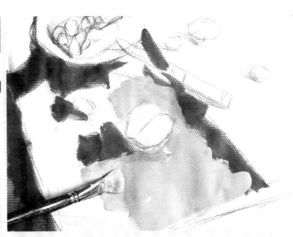

底色+柠檬黄+淡绿

8.按照感觉从亮部到暗部依次推进。

土黄+翠绿

9.较生动地画出黄衬布的一些暗部。

柠檬黄+紫+玫瑰+湖蓝+白

10.将白墙处理成紫灰，与黄布形成较柔和的补色关系。

柠檬黄+紫+白+淡绿

11.将此颜色作为基本色备用，画出白色衬布的暗面，视环境变化调整色彩倾向。

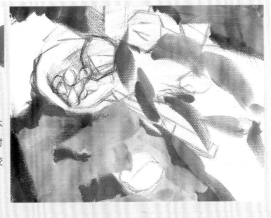

底色+白(多)+柠檬黄+紫(少)

12.白衬布次暗部的色彩中含有紫色和黄色，由于受光源影响，最终倾向紫多一些。

底色+白+湖蓝

13.白衬布亮部有些偏冷，色彩偏蓝一些。

亮灰+柠檬黄+白

14.画较亮色彩时，用笔要实在、有力度，弥补亮色给人轻浮之感的缺憾。

柠檬黄+紫(少)+白(多)+钴蓝(少)

15.高光部分用色要厚重，水分要少，这样色彩比较稳定，干后不易变化。

大红+深红+墨绿(少)

16.开始表现红衬布的暗部色彩，一样先从暗面开始画起。

底色(少)+玫瑰红+朱红

17.接着画出红衬布的灰面，像这种较深的色彩皆可画湿、画薄一些。

土黄+淡绿+中黄+熟褐(少)

18.衬布大的基调定出以后,开始从酒瓶的重色画起。

底色+群青+玫瑰红

19.酒瓶受红衬布的影响,导致绿色酒瓶的环境色产生了变化。

土黄+淡绿+中黄+熟褐(少)

20.酒瓶有透光属性,因此不能按常规明暗法去表现其色彩明暗关系。

橄榄绿+墨绿+青莲

21.酒瓶因质地不同导致反常的明暗现象。玻璃器皿大致规律是暗面的反光与亮面的高光较亮,中间较黑。

紫+橄榄绿+中黄+底色+白

22.按照自己的感觉,不要将颜色混合得太"熟",然后对酒瓶的边缘进行完善。

湖蓝+白(较多)

23.标签的色彩很亮,也是画酒瓶的一个重点。

24.按照前面所讲的画水果的方法,将画面重的水果颜色大致"点"出,观察自己的调色盘,最好保持调出的色系明确。这一步应达到画面色彩基调协调统一,具有美感。

紫+柠檬黄+白(较多)

25.画出白瓷盘的暗部色彩,颜色虽灰但要有色彩倾向。

26.调色盘上原有色彩的保留,对调各种倾向的灰色很重要。画出静物在白瓷盘内的投影部分。

27.借原有的色彩做底色,调出新颜色,这样降低了新色的纯度,增强了画面的协调性。概括地画出水果刀。

28.画到快结束时,调色盘里的色彩越来越丰富、复杂。深入刻画葡萄,用枯笔表现它的受光部和反光部。

底色+白+紫

29.用较小号的笔刻画高脚杯,调整整幅画的细节。

第三节　色块

色块是水粉画各因素得到表现的最有力的形式。接触色块也是学生入门最有效的方式。那到底色块是个什么样的概念？我们可以从以下几个方面去认识它。

一、色块的观察

①单个物体的色块观察方法

a.看形体（体面朝向不同）找色块

b.看明暗（光源，黑、白、灰）找色块

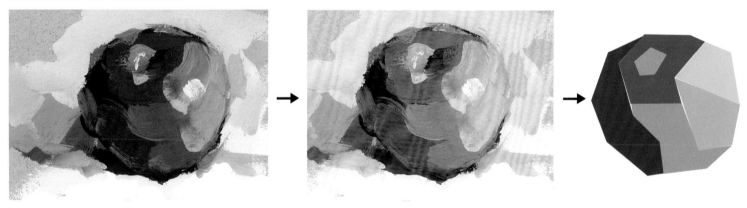

c.看光源色、固有色、环境色找色块

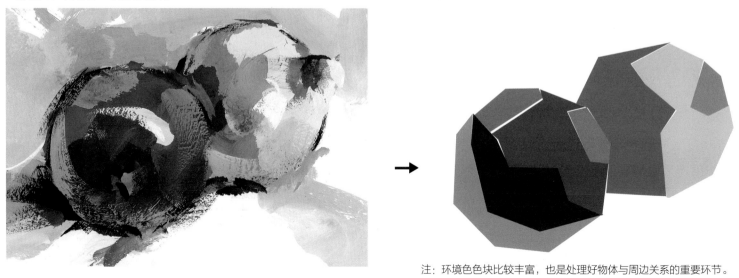

注：环境色色块比较丰富，也是处理好物体与周边关系的重要环节。

②物与物之间的色块观察

a.在一组静物中将各个立体物看成平面的单个固有色块或简洁的明暗（冷暖）两大色块。这样便于画面的整体观察与表现。

b.看空间定色块，其实就是按区域划分色块，根据物
与物之间前后、左右、高低的空间位置不同来确定相
对应的色块。（注：衬布既适用单个物体的色块观察
又适合物与物之间的色块观察。）

二、色块的表现

1.色相差异法

利用色彩的色相不同进行色块组合。

2.明度差异法

利用色彩的明度变化进行色块组合。

3.冷暖差异法

利用色彩的冷暖关系进行色块组合。

4.纯度差异法

利用色彩的纯度变化进行色块组合。

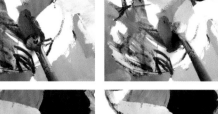

注：上述观察方法和表现方法应灵活搭配使用。

三、色块的形状

1.方与圆、大与小、粗与细、长与短

2.水粉绘画中摆色块的基本步骤

一个陶罐与三个水果的色块练习

水果和陶罐是水粉画学习过程中最为普遍的表现对象之一，这两种静物色彩变化较为稳定，容易上手。刻画对象时，除了本身的固有色外，还要注意光源色与静物之间相互影响的色彩变化，抓住大感觉，轻松、概括地描绘对象。

1.用普蓝加少许黑色起稿。

2.利用色彩的明度变化表达陶罐的明暗关系，利用色彩冷暖变化表达陶罐的光源色、固有色和环境色的存在。

3.先区分白衬布的平、立面，再按区域概括地画出白衬布的色彩变化。（注：底色一般指的是前一个步骤调出来的颜色。）

4.按球体的方式画出苹果的暗部色块。先找大关系，不要拘泥于局部色彩。

5.宁方勿圆，摆出苹果正面的灰面色块。

6.接着画出亮面的色块，这样三大面基本上组成了一个简单的苹果形体。仔细观察，这三个色块有着冷暖、纯度、明度的变化。

7.虽然水果比较亮，但即使是暗部也不宜画得太黑，颜色可以处理得较冷一些。

8.按苹果体面转折表现色块。最上面一笔红色不要调得太均匀，用笔要快。

9.苹果亮部受光源色影响，有些偏冷。

10.白衬布的色彩盖住了苹果的边缘线，这样有利于苹果与环境相融合。

11.这个苹果离视线较近，立着的苹果色块表现与横看的有区别。

12.画出苹果的次亮部，色彩调配时最好不要超过三种颜色。

13.概括地画出苹果的亮部。

14.块面分得越多，对象就会显得越圆、越细腻，块面的分割主要集中在三大面的衔接处。

15.苹果边缘线是处理好苹果与环境关系的关键，多用较灰的色彩和较干枯的笔触来表达。

完成图

3.规则与不规则

4.厚与薄

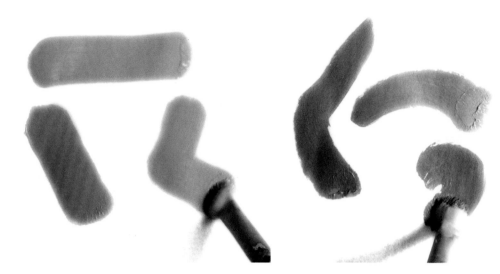

厚色块宜用来覆盖较薄的色块，也更适合表现较亮的色彩。因此一般情况老师都要求学生上色时先画薄后画厚些。

四、色块与颜料的干湿

颜料太湿色块很难成形，就算能成形，也都是不规则的，而且很薄，颜料太干，运笔比较吃力，形状亦不规则。因此水分适中、干湿均匀，色块有形有厚度，运笔也更随心应手，更适合初学者使用。

若画者在用笔上多下功夫，对颜料的干湿多些尝试和理解，相信这些看似难以驾驭的色块，能表现出更自然、更生动有生命力的画面。

颜色太干

颜色太湿

颜色适中

以上我们谈到的关于色块的四个方面，便于学生更清晰地认识"色块"的概念。值得提醒的是，上述四点很多方面需在作画时灵活使用，不可孤立地理解。

五、色块的作用

"色块"是一幅水粉画融合素描关系和色彩关系的最佳绘画语言。"色块"是为初学者将素描意识转换成色彩意识而树立的最恰当观念。具体来讲：

1.色块是对所描绘的对象纷繁复杂的色彩与黑白层次的高度概括，是统一画面色调的有效方法。大色块不断分成小色块，画面将在统一中不断丰富。

2.色块是三维立体块面造型在色彩中的运用，色块在物体塑造中有概括色彩立体造型的作用，色块之间有冷暖、纯灰、明暗、形状的差异。

3.色块的形状影响着塑造，而色块的形状取决于调色与用笔，根据对形体的理解来使用色块的形状、厚薄。

总之，色块训练科学地培养了学生理解色调，塑造形体和把握一定的水粉画技巧的能力，是学生学习水粉画的最好方法之一。

思考练习：

1.简单阐述一下色块的概念。

2.如何画好物体的色块？有哪几种方法？你最擅长哪一种？

第四节　色彩关系与细节塑造

如何将细节融入到色彩关系中，又如何利用色彩关系表现更为精彩的细节，弄清色彩间的各种关系和细节所包含的内容以及表现手法是首先要解决的问题，也正是本节着重讲述的内容。

一、色彩关系

在第二章第二节我们已经较具体地阐释了色彩关系的相关内容。色彩各类关系中最为关键的是色彩的冷与暖、纯与灰和互补色关系。说是简单，但要做好却非常不容易，因为这些关系中控制它们的对比度（尤其是微差对比）不好把握。这要牵涉到学生的绘画基本功与鉴赏能力。

现把色彩对比的强弱列下表以做说明：

强弱 \ 项目	强烈的、明确的、爽朗的		微弱的、含蓄的、微妙的	
冷暖对比关系	橙色	翠绿	偏红暖灰	偏紫冷灰
	朱红	天蓝	灰绿色	暖灰色
	暖灰	冷灰	米灰色	米黄色
纯灰对比关系	大红	熟褐	橘红	橘黄
	中黄	土黄	淡黄色	粉红色
	天蓝色	棕色	紫灰色	灰紫色
补色对比关系	红	绿	暗灰紫	亮米黄
	黄	紫	蓝灰	橙灰
	橙	蓝	红灰	灰绿

1.单项对比

指将两块颜色在色彩各种对比关系中的一项进行对比的情况。这种情况多数在色彩的明度对比中出现。例如中黄与中黄+白。

2.多样对比

指将两块颜色在色彩各类对比关系中同时出现的几项对比的情况。

例如红与灰绿，同时出现了补色对比、明度对比、纯度对比，还有冷暖对比和面积对比。

3.色彩关系表现的优劣在于色彩对比强弱控制是否合理地安排在画幅中，并使画面出现谐调的色调氛围并蕴含着色彩的节奏感和戏剧性冲突。

二、细节塑造

1.好的色彩关系是细节感塑造的前提，也是画面最令人动心的细节。

2.细节功夫体现在单个物体的塑造上。

3.关于单个物体的塑造。

①什么是塑造

将个人对物象的感受、认识和理解通过自身掌握的各种技法表达出来。

②塑造的内容与方法

a.

塑造内容：立体感（形体块面、明暗光影、黑白灰）

塑造方法：运用摆色块的形式表现

b.

塑造内容：空间感（轮廓线）

塑造方法：处理好物体与周边的关系（虚实强弱）

c.

塑造内容：物体质感，原材料的体现

（软与硬、光滑与粗糙、透明性、不锈钢之类）

塑造方法：利用各种方法技巧（如枯笔、干湿画法刀刮法等等）

d.

塑造内容：形态特征

（不同物体的不同造型特点，如：苹果的凹槽，长条形的香蕉，凸凹不平的土豆，光滑的西红柿等等）

塑造方法：抓特征，找特点

思考练习：

1.什么是色彩关系？有哪些关系？怎样做到？

2.塑造包括哪些内容？这些内容用什么方法？

第四节　几种常见静物的画法

NO.1 苹果

写生要点：

■苹果表面光滑皮薄，用笔触把苹果的块面感塑造出来，不要画得太圆。

■让红色与绿色在画面中既保持颜色的纯度，又能和谐统一。

熟褐+水

1.用熟褐勾出苹果的形态和投影大致的范围。

熟褐+橘红+天蓝（少）

2.从苹果暗部最重的地方入手，由上往下，颜色由浅至深。

橘黄+熟褐（少）

3.慢慢朝亮面过渡，注意与投影的衔接。

中黄+淡绿

4.灰面和亮面的颜色要尽量纯一点，颜色不要混杂过多，注意色相的微妙变化。

白色+淡黄+中黄

5.画出背景与投影的过渡，最后点出高光，增加细节，注意白色量的控制。

张一元作

NO.2 橘子

写生要点：

■重点刻画橘子所具有的形体特征，要和其他水果的形体区分开来。

■橘子表面质地较粗糙，所以呈现出的颜色明暗反差大，交界线、暗面、反光都较模糊，但颜色丰富，色彩变化微妙，要重视其冷暖色调的变化。

1.单色勾出橘子的外形。

2.单色画出橘子的暗部和投影。

3.薄一点的红色作为橘子的明暗交界线，稍后作调整。

4.从暗面往灰面过渡，颜色调得相对偏暖偏纯一些。

5.画出背景，调整橘子的各个细节。

张一元作

NO.3 梨子

写生要点：

■把握梨上瘦下胖、蒂长的形体特征。

■梨皮薄，表面较光滑，反光较强，要画出较透明的感觉。

■梨的暗面不宜过重，色彩要明快透亮。

1.单色勾出梨子大的外形特征。

2.分出梨子的亮面、灰面、暗部、投影这四个大的色彩关系。

3.在刚才大的色彩关系上增加色块，增加颜色的过渡。

4.画出背景颜色，注意颜色要偏冷，与主体形成对比。

5.最后调整细节，增加物体的环境色与更微妙的过渡。

张一元 作

NO.4 香蕉

写生要点：
■香蕉的造型以曲线为主，刻画时应控制好形和笔触，要圆中带方。
■香蕉在冷色调氛围中的处理。

土黄+橘红+淡绿
1.大感觉铺出暗部的颜色。

中黄+橘黄+白
2.纯色铺出亮部的色彩。

赭石+橘红+中绿
3.调整亮面与暗面的过渡。

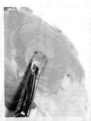

熟褐+土黄
4.整体观察，区分每根香蕉的色相，往后的颜色偏冷，可适当加些蓝色。

5.进一步补充细节，画出香蕉的"棱角"，用横向笔触"扫"出过渡面，注意色彩的微妙变化。

张一元 作

NO.5 药罐子

写生要点：

■注意区别深咖色部分的釉面亮泽感和土黄色部分的哑光土质。

■背光面呈冷色调，受光面呈暖色调，明暗交界线处为固有色。

熟褐+钴蓝（少）

1.用干色勾勒对象，加水后交代明暗关系。

普蓝+深红+熟褐

2.用大块笔触摆出罐子釉面的重色。

普蓝+熟褐+大红+赭石

3.药罐子亮面偏暖调，按对象的结构摆笔触，空出高光部分。

底色+土黄+钴蓝

4.暗面是蓝灰色调，所以要用钴蓝的对比色"土黄"将颜色调灰一些。

大红+土黄+橄榄绿+淡黄+白（少）

5.这是药罐子的固有色，白色不要加多，否则颜色容易"浮"。

底色+柠檬黄+钴蓝

6.和釉面一样，将冷色调融入暗面，受白色衬布影响，颜色应比固有色略浅。

熟褐+赭石+柠檬黄+白

7.用大块笔触摆出亮面色彩，注意颜色要适当随着对象的明暗关系有些变化。

底色+柠檬黄+白

8.提亮药罐子最饱满的部分，这一步非常有利于塑造体积感。

白+橄榄绿+赭石+淡黄

9.铺背景时要注意和药罐子的环境色相呼应。

普蓝+深红+钴蓝+白（少）

10.罐口的暗部颜色要偏灰，颜色不能"跳"，否则就会往前"跑"。

底色+朱红+白

11.刻画把手的时候要用笔触的"形"概括体现面的转折与结构。

熟褐+中黄+中绿+白

12.别忘了罐口的浅色部分，前实后虚，从细节上增强对象的体积感。

林晓明 作

NO.6 玻璃杯

写生要点:
- ■ 利用背景衬布,表现玻璃杯的透明质感。
- ■ 橙汁部分对表现玻璃杯的体积尤为重要。

橘红+赭石+天蓝

1.勾出玻璃杯大的外形,用简单明快的色块勾出橙汁的暗面。

中黄+淡绿+赭石

2.简单铺出橙汁的受光面,细节先不管。

橘黄+淡绿+蓝灰

3.最上面一个面铺完整后,玻璃杯大的体积关系和色彩关系就出来了。

白+天蓝+中黄

4.由于玻璃杯是透明的,所以先得确定好背景的大致颜色。

白+橘黄

5.背景的笔触根据布纹的走向运笔,尽量偏冷些。

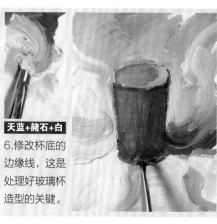

天蓝+赭石+白

6.修改杯底的边缘线,这是处理好玻璃杯造型的关键。

天蓝+群青+赭石+白

7.等背景色彩干后勾勒出玻璃杯的边缘线,颜色不要过深,以背景色彩为基础。

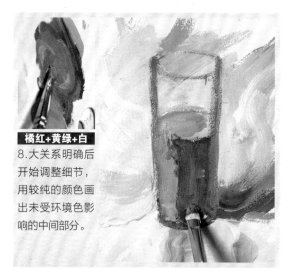

橘红+黄绿+白

8.大关系明确后开始调整细节,用较纯的颜色画出未受环境色影响的中间部分。

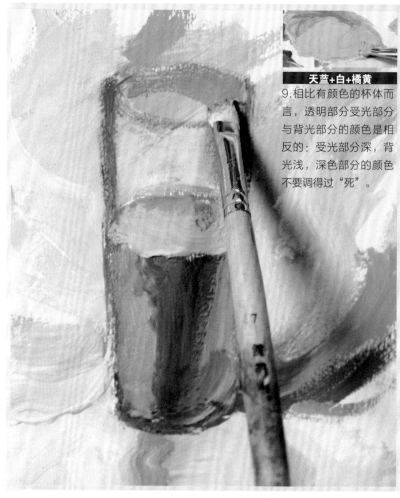

天蓝+白+橘黄

9.相比有颜色的杯体而言,透明部分受光部分与背光部分的颜色是相反的:受光部分深,背光浅,深色部分的颜色不要调得过"死"。

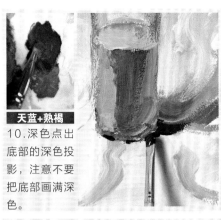

天蓝+熟褐

10.深色点出底部的深色投影，注意不要把底部画满深色。

熟褐+天蓝+土黄

11.继续勾出杯口的深色部分。

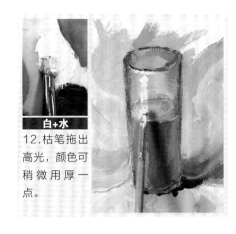

白+水

12.枯笔拖出高光，颜色可稍微用厚一点。

橘黄+黄绿+白

13.进一步修饰杯体的细节，画出反光的颜色。

天蓝+橘黄+白

14.注意比较左右反光颜色的区别，暗部颜色偏冷，面积也稍大一些。

白+淡黄

15.调整背景与玻璃杯之间的关系，进一步深入画面。

土黄+黄绿+天蓝

16.最后用较干的颜色增加细节，加强主体物的体积感。

张一元作

NO.7 瓷盘

写生要点：

白色是最容易受光源色和环境色影响的，白色盘子既要有丰富的色彩变化，又不能脱离其固有色画成花盘子。

白+赭石+天蓝

1.盘子的背光面与盘子的投影左右相对。

中黄+白

2.以白色为主加少许暖色简单铺出盘子的固有色。

橘黄+天蓝+白

3.铺出背景的色彩，注意与盘子之间色彩关系的对比。

白+淡黄

4.画出衬布的前景色以及简单的起伏关系。

白+柠檬黄

5.用暖色画出盘子的受光面，注意外形结构的准确性。

天蓝+中黄

6.开始刻画盘子的细节，从暗部开始，颜色可逐渐用厚。

赭石+白+天蓝

7.刻画盘子的边缘也要注意其明暗过渡，这样才会显得有厚度。

熟褐+天蓝

8.最后调整细节，衬布的局部可以加上少许跳跃的色彩，让画面的效果更为生动。

张一元作

NO.8 酒杯

熟褐+大红+土黄

1.单色勾出酒杯大的外形，用深红色从杯身的暗面开始画起。

熟褐+普蓝+大红

2.虽然葡萄酒的颜色较深，但还须注意颜色之间的微妙变化。

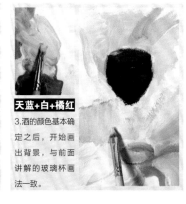

天蓝+白+橘红

3.酒的颜色基本确定之后，开始画出背景，与前面讲解的玻璃杯画法一致。

湖蓝+天蓝+玫瑰红

4.在背景颜色的基础上用冷色勾出酒杯的透明部分。

天蓝+赭石+土黄

5.调整玻璃杯透明部分的颜色变化，颜色稍微用干一点，用笔尖扫出玻璃的质感。

天蓝+赭石+玫瑰红

6.画出高脚底座的体积与酒杯的投影变化，颜色略为偏紫。

天蓝+白

7.玻璃杯的高光一般在暗部，用较干的白色颜料拖出有枯笔效果的高光。

湖蓝+白

8.玻璃的反光相比其他质感的物体要亮，但比自身的高光要暗。高光与反光是否和谐是画好玻璃器皿的关键。

张一元作

NO.9 色彩静物小组合步骤详解

第一步

第二步

第三步

第四步

第五步

第六步

第七步

第八步

第九步

张一元作

NO.10 洋葱

在生活中，我们见到的洋葱，它们之间色彩存在着很大的差异。这对我们丰富单个物体颜色有很大启发。但洋葱在我们的整体印象里色彩是倾向紫的。

1.勾出轮廓，并交代洋葱的受光与背光部。

2.概括画出洋葱的形体色块。

3.深入刻画，丰富洋葱的颜色，具体表现其特征。

NO.11 辣椒

青辣椒在光的照射下，其受光部与背光部会产生很大的明暗对比、冷暖对比、纯灰对比。

1.用褐色勾勒出辣椒的基本轮廓。

2.用较大的色块表现辣椒的暗部和影子。

3..按形体块面将辣椒的基本色彩画出。

4.深入刻画，将色块画丰富些。前提是基调要统一。

NO.12 白萝卜

白萝卜的色彩变化微妙，受环境色影响较大，
在铺大色调时就应该注意。

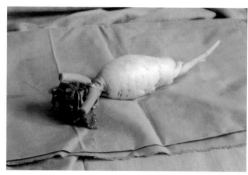

1.先观察萝卜的形状特征，用褐色勾勒出来。

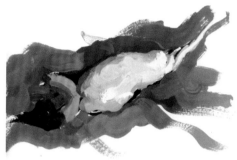

2.按黑、白、灰关系摆出萝卜的三大色块，注意三大色块的面积对比。

3.跟上环境，注意白萝卜与蓝色环境之间的相互影响。

4.将白萝卜的青叶子、根须等做一个基本表现。

完成图

NO.13 大葱

大葱叶子画时注意其穿插关系，通过笔触的方圆、曲直来表现大葱叶子的柔韧性。

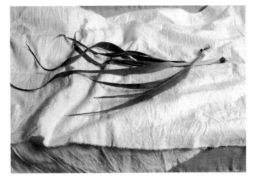

1.用褐色画出大葱的基本轮廓。

2.画大葱叶子时，考虑其前后、左右的色彩变化，用笔随着叶子的形状而行。

3.将环境融入画面中，局部训练并不是说只画物体不画环境。

4.着重刻画大葱根部，注意它自然生长的"黄"与"紫"的补色关系。

NO.14 番茄

番茄形状为球状，又分几瓣，其红色注意别画得太单调、太火，体会蒂部的淡绿色与身部红色的相互关系。

1.利用颜色明度变化表现出番茄的黑、白、灰关系。

2.画出番茄的朝上面的颜色，注意其形状。

3.物体与环境是一个有机的整体，忽视环境就是"孤立"地看问题。

4.突出表现番茄的特征，完善细节。

NO.15 鸡蛋

画鸡蛋，素描关系应该容易表现。在色彩关系上应注意色块的冷暖、明度变化。

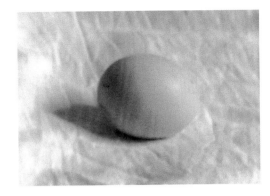

1.用较干的褐色勾出鸡蛋的轮廓边缘。

2.简单、直接地表现鸡蛋的暗部与影子，暗部一笔之中出现了深浅变化，这与调色用笔密切相关。

3.铺出鸡蛋与环境的整体色调关系。

4.充分做好鸡蛋的色块衔接，使其更具立体感和色调感。

NO.16 大白菜

大白菜由白、黄、绿三种基本色相构成，但并不是说大白菜就局限于用这三种颜色表现。

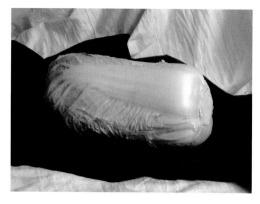

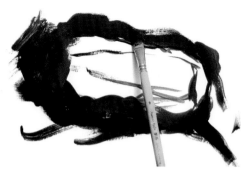

1.大白菜放在深褐色的环境里更突出，更富节奏，这就是构图意识。

2.将大白菜按形体结合黑、白、灰适当画出其色块。

3.深入刻画应注意大白菜的特征表达。例如：叶子、茎部。

4.高光的形状、大小、位置、虚实也有一定的讲究。

NO.17 土豆

土豆最容易画"脏"，"脏"的原因是没有区别色块间的色彩倾向、冷暖对比。

1.交待土豆的轮廓及大明暗关系。

2.对土豆的投影、暗面、灰面和亮面进行概括的表现。

3.将反衬土豆的环境大块面画出，注意其前后、左右的空间变化。

4.处理土豆的边缘色彩变化，注重土豆亮部的表现，以完善土豆暗与灰、灰与亮等部位的衔接关系。

NO.18 鱼

近年来很多学校都将鱼与蔬菜放在一起作为考题，因此将鱼归到蔬菜类。在形态上分为头、身、尾、鳍等，各部之间有形体差异，在刻画时要仔细地表现。

1.勾勒出鱼和白瓷盘的轮廓，注意两者的比例关系。

2.明确摆出鱼的三大色块（黑、白、灰）。

3.鱼头、身、尾三部分要区别对待。

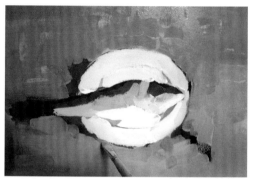

4.铺大环境注意颜色的前后明度变化、左右冷暖变化。

5.进一步明确鱼的三大色块的形状。

6.再次明确鱼的轮廓形，注意虚实变化。

7.对鱼尾部进行表现。

8.在对鱼头进行深入刻画的同时，白瓷盘作为鱼的环境不可忽视。

9.最后，还要考虑鱼的边缘是否到位，其强弱顺序是否符合视觉规律。

NO.19 静物组合

组合与单个表现的最大区别在于：在较复杂的
色彩之间找到画面协调的因素。

1.注意构图，比例、空间的意识要强。

2.将所有暗部色彩画一遍，注意它们的区别。

3.条纹花布应在画之前思考充分。

4.概括起来表现花纹布，充分体现花纹布的前后空间、受光与背光关系。

5.铺出各物象的基本色调。

6.逐个刻画物体，要有清晰的主次意识。

7.注意把握好静物与衬布之间的关系。

8.对花纹布进行调整，其亮度、纯度都应服从画面整体调子的需要。

9.整体调整，使画面色调清晰，物体塑造结实有力，质地自然。

五、水粉画画面效果及其常见问题详解

在学习的过程中，遇到问题并不可怕，可怕的是出现了问题不再动脑筋，不能对症下药、量体裁衣。要想到，在画面中发现了问题这才是正常情况，说明同学们有一颗上进心，有一种不断追求的良好状态，当同学们通过努力把问题解决了的时候，也就是大家又进了一大步的时候。

下面我们谈一谈水粉画中常见的几个问题。

一、"脏"

现象：色彩纯度不足，色相不明确，画面不透气。

原因：①由于过多的颜色调和，分量搭配不当。

②对比色的调配能力差，色彩对比把握不到位。

③画面整体颜色太深，特别是亮部颜色画得过深。

④颜色缺少变化，以及滥用黑色，过分依赖素描关系。

解决方法：
①注意每调一块颜色的色彩倾向和饱和度，把握好每一块颜色的位置，尤其是黑白灰不能颠倒。

②用笔宜肯定，磨磨蹭蹭也是导致画面脏的主要原因。

二、"粉"

现象：色相不明确，纯度不够，画面出现"雾"状，明暗关系不明确。

原因：白色、浅色、亮色运用过多并且不当，水分把握能力弱，没有注重明与暗的对比、粉与纯的对比等。

解决方法：
①构成画面的大色块含白色的量不宜等同。

②掌握住画面各颜色的色相与纯度秩序。

③较深沉的颜色不要过多地加白或灰色。

④采用湿画法，控制利用白色变亮的问题。

三、"火"

现象：画面颜色过纯、过艳、暖色过多。

原因：①使用颜色的过程中缺乏冷暖对比、纯灰对比。

②物体缺乏环境色、互补色关系，只有固有色。

解决方法：

①改正静止、孤立、局部看颜色的习惯，控制颜色（大面积）的艳度。追求颜色间的相互影响和制约程度，达到画面中的颜色"你中有我，我中有你"的统一局面。

②不要将未调配过的"原色"直接用到画面中，否则很容易导致画面"火"气。

四、"碎、花、乱"

现象：颜色无秩序，明暗关系不正确。

原因：①塑造时容易关注局部，颜色过于琐碎，画面缺乏整体的素描关系（即黑、白、灰的有序布置）。

②充满小范围的各种亮点、黑点或浅色。

③笔触无组织、方向凌乱、变化过多。

解决方法：

①认识到黑、白、灰的秩序问题，保证颜色的黑、白、灰（明度）的有序性。

②注意艳度较高的颜色运用，特别是画面中纯度比较高的颜色，一定要控制好它的艳度。

③画面的笔触需组织好，切勿东来一笔，西来一笔，凌乱无序。

五、不同角度的色彩冷暖关系

同一组静物，在不同位置、角度下看到的"内容"是不一样的，所谓"横看成岭侧成峰"，讲的是造型，而不同角度下看到的同一对象颜色上也会有很大变化，无论是色相、纯度、冷暖还有亮部与暗部颜色的对比上都有差异，下面我将同一组静物的顺光俯视角度与侧光平视角度做一个比较。

同一组静物的顺光与侧光，我们看到的受光与背光部面积有很大差异，看到构成画面的大色块的分布位置、面积大小、透视空间很不一样。在绘画的过程中，这些变动的因素都在使不同角度下色调、冷暖关系、色彩构成、色彩空间等因素产生着变化。同学们可以尝试着实践一下，能体会到更多。

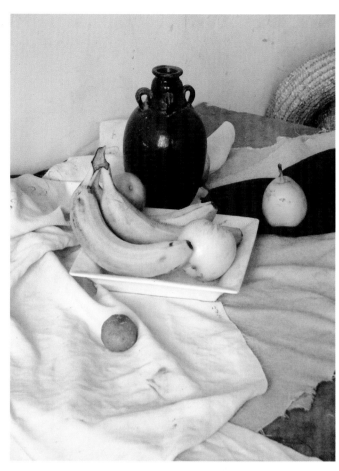

思考练习：

你画色彩时经常犯哪个问题？如何改正？

六、浅谈色彩学习中的"适度"原则与"秩序"原则

艺术不是自然的简单再现，而是在自然中找出严密的秩序，然后重新构成画面，从而创造出新的"自然"。——塞尚

一、"适度"原则

在一幅色彩画中从以下几个方面把握它的"度":

学生在色彩画的学习中,基础理论与基本技法都有一定的掌握之后,如果再想有所突破,会觉得有些力不从心,甚至无从下手,知道的东西都体现在画面上了,就是感觉画面还是有些说不出的不满意,不足以打动人,缺了点什么。其实,这时候学生应该静下来想一想,是不是知道和把握的"东西"还没有表达到位,是不是知道的知识点的运用、技法技巧的表现做到了合理,得到了"适度"的表达。

"适度"是在画面中或画面某一局部，甚至某一笔、某一点的色彩的强与弱的拿捏。如：水果暗部纯一点或灰一点、暗一点或再暗一点，大一点还是小一点，偏暖些还是偏冷些……就这么一点点的微差就会给整体画面带来不同影响，正所谓牵一发而动全身。而这点微差学生难以发现，更是难以表现。怎么办？

①大师、名家作品不离手地细细品赏。

②不断推敲自己的作业中存在的最大问题，一个大问题解决了，继续发现的问题，再解决，依次往返，循环解析。

③以科学的观察方法观察自然对象。

总之，"适度"是事物质与量的统一体。每个事物都有一个转折点。如做饭，水多了点粘，少了点硬。最好就是要做到虚实相生、浓淡相宜。

思考练习：

1.简单阐述一下"适度"和"秩序"的概念，谈谈你对此概念的理解。

2.你如何做到画面各部分成有序的状态？

二、"秩序"原则

1."秩序"是画面和谐最有力的保障。

2."秩序"是一种顺序感，是对绘画语言的一种合理安排。

3."秩序"在画面中具体指：

①空间秩序

②光感秩序

③明暗秩序

④纯灰秩序

⑤冷暖秩序

⑥虚实秩序

⑦形态秩序

4.秩序是有条理化，组织化地安排各构成部分，以求达到正常的运转或良好的外观状态，强调结构性、恒定性、一致性、连续性、反复性和预测性。

春景 於杭州
2010.5.19

七、范画欣赏

君子之学必好问。问与学，相辅而行者也。——《孟涂文集》

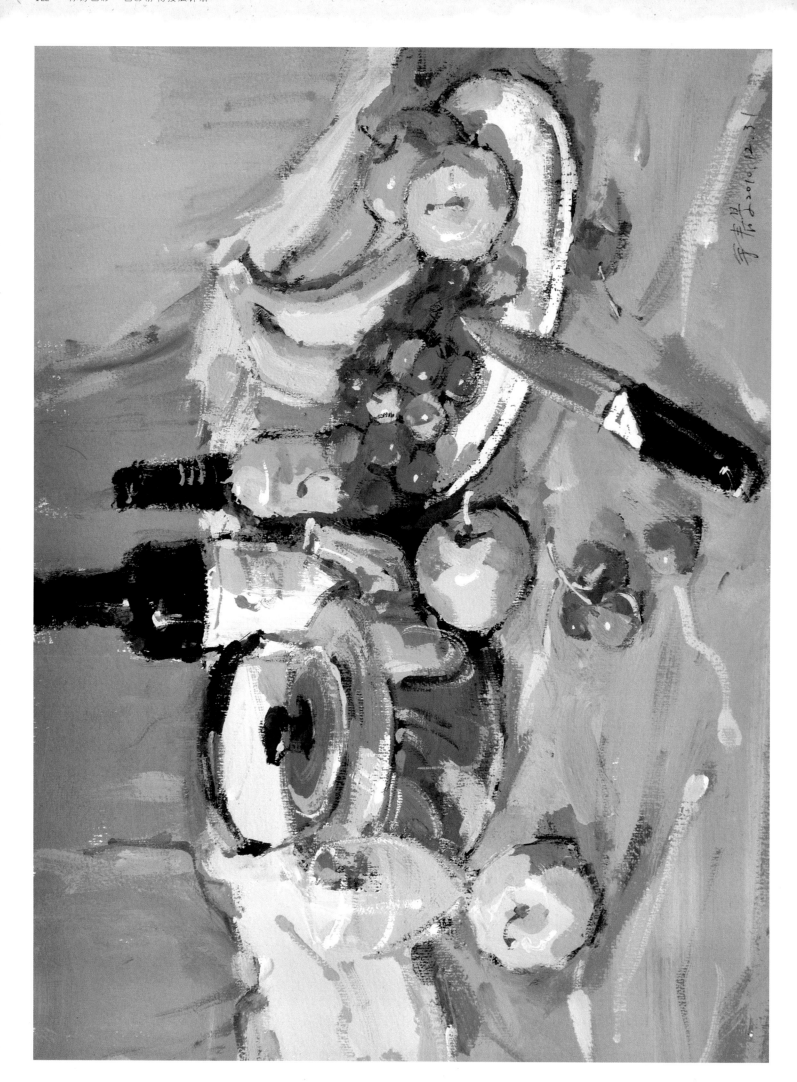

春景於抚州

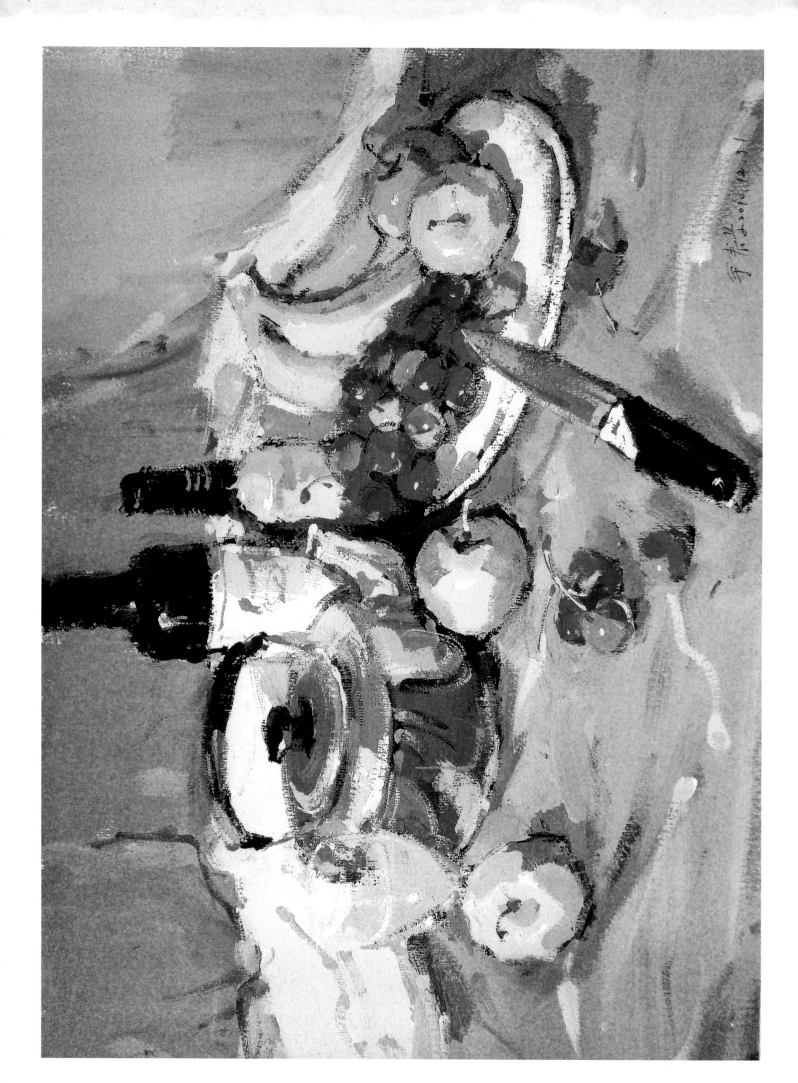